王淑芬兒童哲思小童話 2

雲朵不是麵包

王淑芬 文
奧黛莉圓 圖

目次

推薦序 4

1 伸出手來 9

2 門是歪的 19

3 快樂的豬 31

4 不想成功國 41

5 雲朵不是麵包 51

6 可是有人 61
7 搖搖木馬 69
8 不舒服裁縫店 79
9 一張很遠的車票 89
10 夢裡有一個夢 99
作者後記 107

推薦序

童話＋思考的小拼盤

兒童文學作家
林世仁

和淑芬認識很久了，在童友圈裡，她是一個「又安靜又熱情」的大姐大，平時沒事不吭聲，有事一吆喝又很有號召力。

認識多年，我發現淑芬不但腦筋動得快，下筆也超迅速。可以說，她是一個「聰明型」＋「快手型」的創作者。

「聰明型」的創作者不會安於一種創作模式，總是喜歡嘗鮮，想試遍各種可能的表現手法和內容。「快手型」的創作者，則是一想到什麼就立刻打開電腦速戰速決，靈感和成品之間總是飄散著新鮮、現榨的氣息。同樣身為創作者，我發現我在創作上的不少想法都和淑芬「有些重疊」，但從來沒有快過她。

就以「哲學童話」來說吧！我十幾年前也興起過這想法，也寫、刊過幾篇，但迄今仍然未曾整理出版。而淑芬不但早藉由「貓巧可」系列，出版了好幾本風靡小讀者的佳作，這兩年又另外推出了「王淑芬兒童哲思小童話」。去年的《貓咪的十個家》令人眼睛一亮，今年我們又迎來了第二集《雲朵不是麵包》。

和「貓巧可」系列不同的是，這些故事並不黏著於一個角色身上，而是散開來，各自有自己的專屬童話空間。這就像主餐和拼盤的差別，主餐有主餐的焦點特色，拼盤則有拼盤的混合樂趣。這樣拼盤式的童話呈現出小巧輕鬆、參差各有別、滋味大不同的閱讀趣味，也更貼近思考的本質。

因為思想本來就是向世界發散的，「萬物皆有思考點」。世界是多元的，思考自然也是多元的。這些發散式的故事，恰好能和世界的多元相對應，讓故事像一串串的小煙火，單獨看有自己的花樣，串起來又有一種相互激盪的活絡感。

這些小故事，既是童話，也是思考的材料；既好看，也可以讓人想一想。故事後的小提問都不嚴肅，不是嚇人的「大哉問」，但都會推著你的腦細胞動一下。當然，如果你只想讀故事，那也很OK（這本來就是童話故事集啊）！

因為篇幅不長，讓人沒壓力，隨興翻讀剛剛好。喜愛親子互動的讀者，也可以在讀完故事後，一塊兒在思考的小徑上輕鬆散個步。

故事裡，我最喜歡〈可是有人〉，它有一股「生命是串起來」的感覺。〈搖搖木馬〉的敘事方式「有些像又不太一樣」，主題更是完全不同。原來，讀故事也可以學習到寫作技巧呢！

對了，我第一次讀完〈門是歪的〉，其實並不懂白兔書店的門為什麼是歪的？但那有什麼關係呢？故事好看就好。而且，那個問號還會推著我的腦細胞做按摩、運動一下！所以嘍，就請大家「伸出手來」，接住這一本書吧！

1 伸出手來

小白兔一早醒來，覺得肚子好餓，向媽媽要求：「請給我好吃的早餐。」

媽媽笑著說：「伸出手來。」

小白兔手裡有一大盤美味青菜了，早餐真豐富。

爸爸也說：「伸出手來。」

原來，他做了一輛推車，要送給小白兔。

小白兔拉著推車的繩子，趁著好天氣，到外面散步。

鄰居灰兔阿姨正在烤蛋糕，空氣中滿是濃濃的奶油香。小白兔覺得肚子又餓了，問：「可以請我吃一塊嗎？」

灰兔阿姨點點頭：「沒問題，伸出手來。」

小白兔一面吃著手裡的蛋糕，一面往花園走。

大鼻子伯伯正在花園拔草，滿頭大汗。小白兔被眼前色彩繽紛的花朵迷住了，說：「這些花真美啊！」

「伸出手來。」大方的伯伯，給了小白兔一束小黃菊。

小白兔的推車，載著美麗的黃菊客人，好像很滿意，發出「咕哩咕哩」的聲音，跟著小白兔往前走。

糖果店的大眼睛姐姐，對小白兔說：「伸出手來，

我送你一包特別口味的軟糖。」

小白兔聞著手裡滿滿的糖果香，開心的繼續走。

「伸出手來。」小白兔又收到歪耳朵嬸嬸送的玻璃珠。

「伸出手來。」小白兔在書店前，也收到大腳哥哥送的故事書。

小白兔心想：「空空的推車，裝滿禮物。不過，好像還有空間可以裝其他的東西。」

等一下伸出手來，還能收到什麼呢？

「喂！小白兔，快過來。」小黑兔在前方草地上，向小白兔招手。

小黑兔也有東西要給小白兔嗎？

小白兔走到小黑兔面前，伸出手來。

「來，跟我走。」小黑兔沒有給東西，但是拉著小白兔的手，帶他往右邊走。原來，小黑兔發現一個可以觀賞風景的小山坡。

站在小山坡上，看著遠處的高山，兩個好朋友都安靜下來了。

小白兔想到一件事，對小黑兔說：「伸出手來。」

小黑兔手裡有小黃菊、蛋糕、糖果。他們坐在山坡上，玩玩玻

璃珠、看看故事書，有時也一起想像著：「遠方高山上，住著誰？」

回家路上，小白兔要小黑兔伸出手來，把推車裡一半的東西送給他。因為，小黑兔有許多弟弟妹妹。奇怪的是，小白兔的推車裡，東西沒有變少，反而變得更多！

小白兔開心的推著車回家，他也想對爸爸媽媽說：「伸出手來。」

童話想想

你會對誰伸出手？你希望那個人在你手中放進什麼？

2 門是歪的

Book
STORE

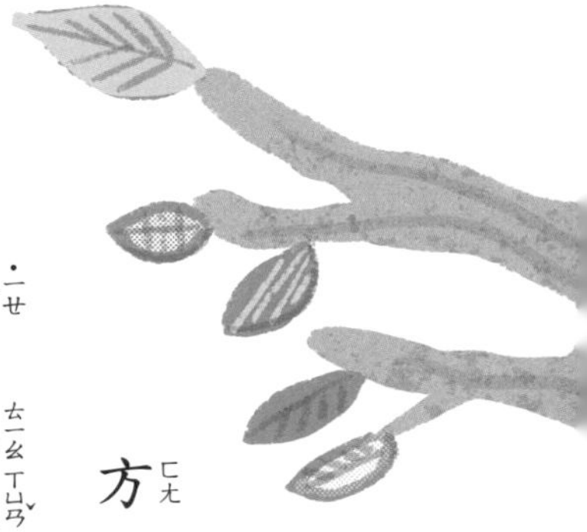

森林入口有一家書店，是小松鼠最愛去的地方。他不但常常來買書，也常幫森林裡的大石頭爺爺，挑選一些有趣的小說，好讓不能走動的老爺爺，能夠「石頭不出門，能知天下事」。

至於小松鼠自己，買的是跟爬樹有關的書；小松鼠熱愛爬樹，森林裡每棵樹他都爬過。但是，他想多讀有關如何愈爬

愈高的書，希望有一天能爬到最高的樹頂，欣賞白雲的魔術表演。小松鼠是書店的好客人。

書店從清晨到深夜，都開門營業，因為，貓頭鷹婆婆夜裡才出門。當她想買漫畫書或笑話集，總要有書店可以上門買啊！

只是，書店生意不太好，平時的顧客只有這三位。

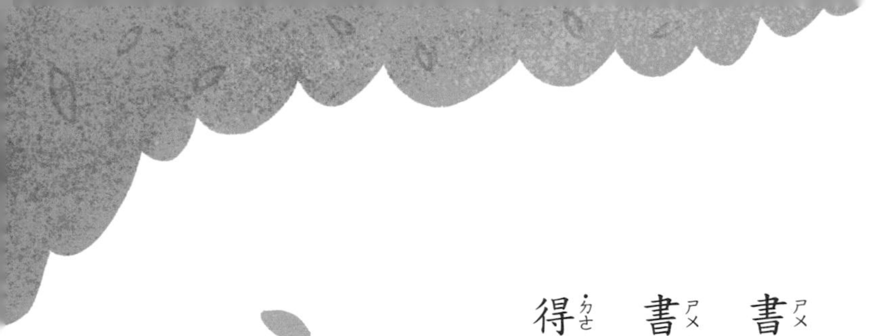

這一天，小松鼠蹦蹦跳跳來到書店門口，看見一件怪事：書店的門是歪的，而且歪斜得很厲害。

因為門歪了，所以牆壁有點裂開。小松鼠小心的推開門，走進書店，只見老闆

白兔先生正愁眉苦臉的對著電話吼：「不行，請趕快來修，書店的門每一小時就更歪一點。」

真的耶，兩個人往門的方向看，書店門又往右邊歪了一點啦！

本來好好的門，為什麼會歪掉呢？

白兔先生嘆口氣說：「我也不知道。」

而且，修理門的大熊先生，說近日太忙，這種小工程他不接。

小松鼠說：「不如，我們一起把門扶正。」

於是兩個人用力一抬，沒想到門被撞得碎掉了。

「唉呀，這下子沒有門了。」小松鼠大喊。

白兔先生卻笑了：「很好很好。既然書店從來不關門，就把門拆了吧！」

現在，書店的正門，只剩下一個歪歪的門框。

「門是歪的！」準備到森林另一頭去玩的狐狸，看見書店的怪樣子，大聲叫著。

小松鼠也大叫：「書店裡的書有歪的，也有不歪的，請進來參觀。」

狐狸說：「書還有分歪與不歪嗎？」

「有啊，我來為你介紹。」小松鼠取出一本書，果然書名印得歪歪的，另一本則書名印得一點都不歪。

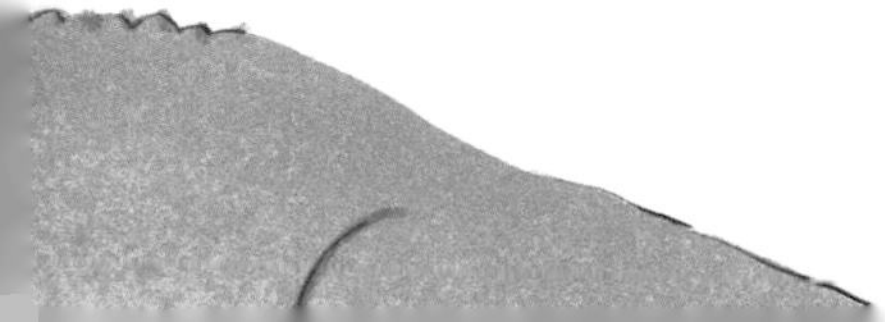

Book
STORE

「門是歪的！」準備到外婆家的小紅帽，路過書店，也張大眼睛。

結果，從來沒進過書店的小紅帽，好奇的走進書店，買了一本圖畫得很歪很歪的故事書。

「門是歪的！」藍色的小鳥、黃色的小鳥全飛進書店瞧一瞧，買了迷你詩集回家，裡面的字印得有點歪，很可愛。

這一天書店的生意很好，進來的顧客都說：「明天還要邀更多朋友一起來。因為，門是歪的，太有趣了！」從前，高高大大、方方正正、很氣派的黑色木門，他們不敢走進去呀！

小松鼠偷偷笑了笑，只有他知道門為什麼是歪的。

童話想想

你跟小松鼠一樣，知道為什麼門是歪的嗎？

3

快樂的豬

莉莉是一個很容易生氣的小孩，不管大事、小事，只要是讓她不開心的事，她就會瞪大眼睛，非常生氣。

早上起床後，媽媽要她刷牙時別慢吞吞的，否則上學會遲

到。可是，莉莉刷牙時，偏偏喜歡慢慢來啊！

媽媽再說一遍：「莉莉，快出來吃早餐。」

莉莉放下牙刷，氣呼呼的打開浴室的門，大聲說：「吵吵吵，你是豬啊！」

於是媽媽就變成一隻豬了。

接著，爸爸也說：「女兒，不吃早餐會營養不良。」

莉莉「哼」的一聲，氣呼呼的說：「真囉嗦，你是豬啊！」於是，爸爸也變成一隻豬。

莉莉揹著書包上學去，今天她的心情特別不好，極端的不好，因為沒有媽媽幫她揹書包、爸爸幫她提水壺。爸爸和媽媽都在家，快樂的吃早餐呢！

進教室後，負責收作業的班長對她說：「請交作業。」莉莉雙手叉腰，生氣的說：「叫叫叫，你是豬啊！」於是，班長就變成一隻豬了。

其他同學見了，指著莉莉說：「你欺負班長，壞小孩。」

莉莉扭扭鼻子，大喊：「囉哩叭嗦，你們都是豬！」於是，所有的同學也都變成豬。

老師一進教室，嚇得簡直要暈倒。她問莉莉：「你為什麼要對同學做出這麼可怕的事？」

TENNIS

莉莉很不滿的吼著：「哪裡可怕？你沒看見這些豬都快樂的在撕作業、吃課本？」然後，莉莉又補上一句：「沒長眼睛的老師，真是豬。」

於是，老師立刻變成豬，快樂的吃著粉筆。

再這樣下去，會不會全世界的人，都變成豬啊？莉莉心裡想。

「這樣太不公平啦！」莉莉氣得快要爆炸。因為，眼前的大豬小豬，看起來都滿臉幸福，開開心心的大吃特吃著，什麼都能吃，吃了更快樂。

於是莉莉指著自己，大聲罵：「讓大家都變得這麼快樂，你是豬啊！」最後，莉莉自己也變成豬了。

從此以後，這些豬就過著幸福快樂的生活。不過，他們到底快不快樂，誰知道呢？

童話想想

你認為變成一隻豬，過的生活會比人快樂嗎？豬會不會想當人？

4 不想成功國

有一個國家，叫做「不想成功國」。因為，全國人民最喜歡說的一句話，就是：「我不想成功啊。」

如果在路上跑得太快，摔跤了，別的國家的媽媽可能會說：「跌倒了要自己爬起來，成功的人都是這樣。」可是，「不想成功國」的媽媽說的卻是：「要不要爬起來隨便你。」跌倒在地上的小孩也會回答：「我不想成功的爬起來，我要再摔一次。」

反正，這個國家的人，習慣跟別人不一樣。當全世界的書都寫著：「人一定要追求成功。」「多練習就會成功。」他們偏偏大喊著：「大家都成功，沒人失敗，不好玩。我不想成功！」

「不想成功國」的國王，也在國慶日那一天，對全

國人民演講：「當大家都在追求成功，我們卻希望失敗，這是多麼與眾不同，我國真是太偉大了。」

王后在旁邊拉拉國王，小聲的提醒：「偉大就是一種成功。」國王一聽，連忙又改口修正：「不不不，我們不追求偉大，我們只希望一切都不成功。」

可是，不管怎麼做，事情總是有成功的時候。比如，拿起筆寫字，本來寫得歪歪醜醜

的，很不成功。多寫幾遍以後，竟然就不歪也不醜，很整齊、很漂亮、很成功。寫字的人把筆一丟，大聲哭著：「我不想成功啊！」

或是，麵包師傅讀完《保證失敗的麵包做法》這本書，沒想到，一個不小心，居然把麵包烤得又香又好吃，也大聲哭著：「我不想成功啊！」

有時，還有參加賽跑的人，儘管已經慢慢的走，慢慢的爬，仍舊得到第一名。領了冠軍獎盃以後，那個第一名一路哭著回家，說：

「我不想成功啊！」

怎麼辦呢？這些哭哭啼啼的人，只好去找全國最不成功的失敗者，也就是國王的老師，請教他該怎麼做，才能失敗。

老師說：「很簡單，不要努力。」他還好心的詳細說明：「不要參加賽跑，就不會成功得第一。不看食譜烤麵包，就會因為亂烤而失敗。永遠不要寫字，就不會寫出漂亮成功的字。」

於是，「不想成功國」改成「不想努力國」，因為，只要不努力，就保證不會成功。從此以後，他們就一直失敗下去，直到最後成功的死掉。

童話想想

「不想成功國」的人覺得自己與眾不同。你認為這樣的「與眾不同」好不好？

5 雲朵不是麵包

天上有一朵雲，對另一朵雲說：「天空底下住著一群人類，喜歡亂改我們的名字。」聽起來，這朵雲好像對這件事有意見。

另一朵雲正在慢慢的飄啊飄，只想懶洋洋的在空中打瞌睡，於是懶洋

洋的問：「改成什麼名字呢？」

一朵雲說：「有時候，說我們是大象；有時候，說我們是麵包。」一朵雲認為，雲就是雲，才不是大象，更不是麵包。

另一朵雲又懶洋洋的問：「叫什麼名字有關係嗎？我們是雲，被叫做麵包，也不會變成麵包啊！」

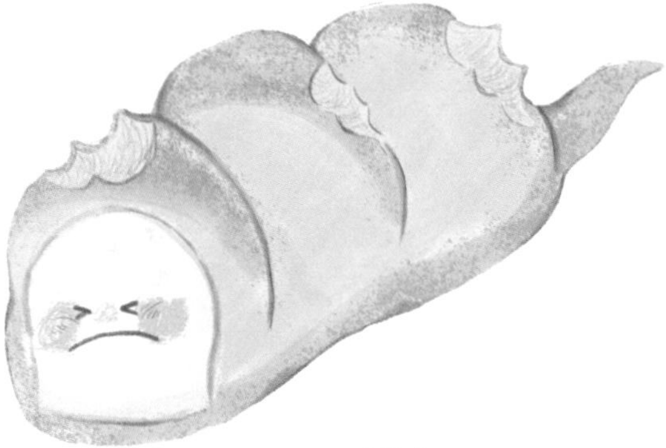

沒想到，話才說完，另一朵雲真的變成一個麵包。許多鳥兒聞到麵包的香味，便成群結隊的飛過來，把麵包雲一口口吃掉。

一朵雲嚇呆了，低聲說：「天啊，我可千萬不能被叫做麵包雲，我不想被吃掉。」

他看看自己的形狀，很好，不像麵包，比較像一根長長的拐杖糖。

「那可不行！」拐杖糖雲大叫。

「萬一小鳥兒飛過來舔我，我會被舔光。」

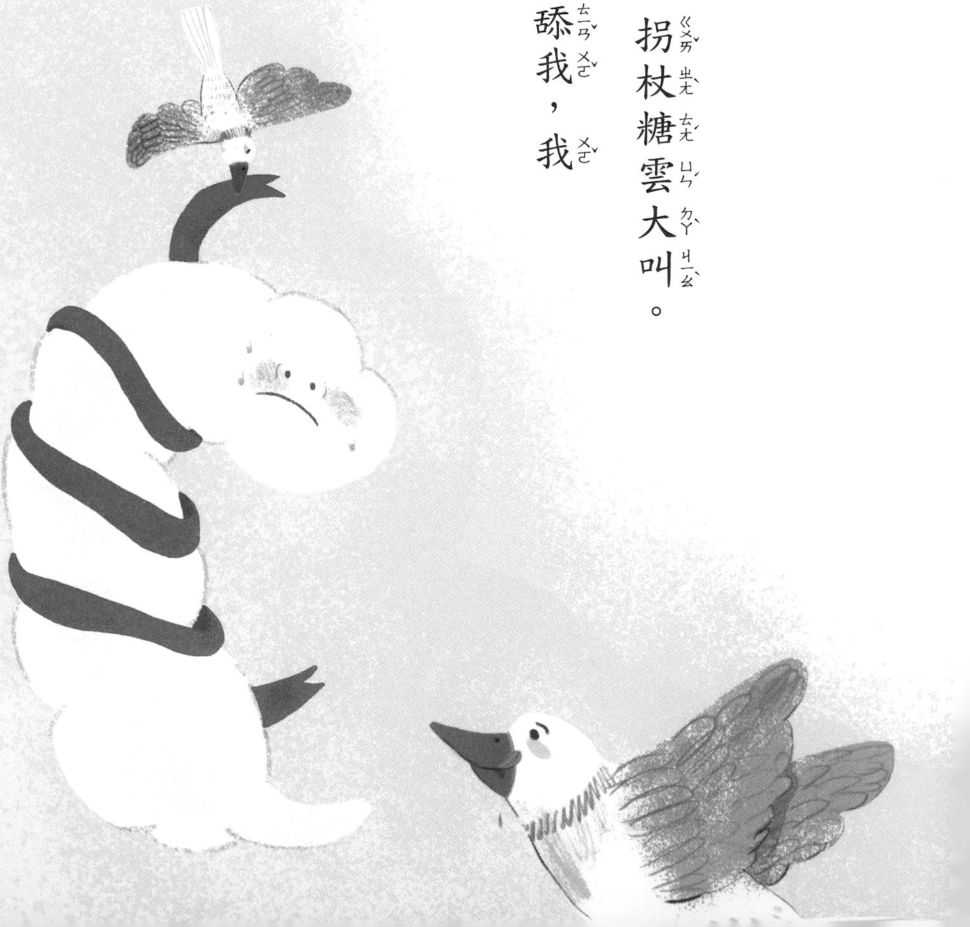

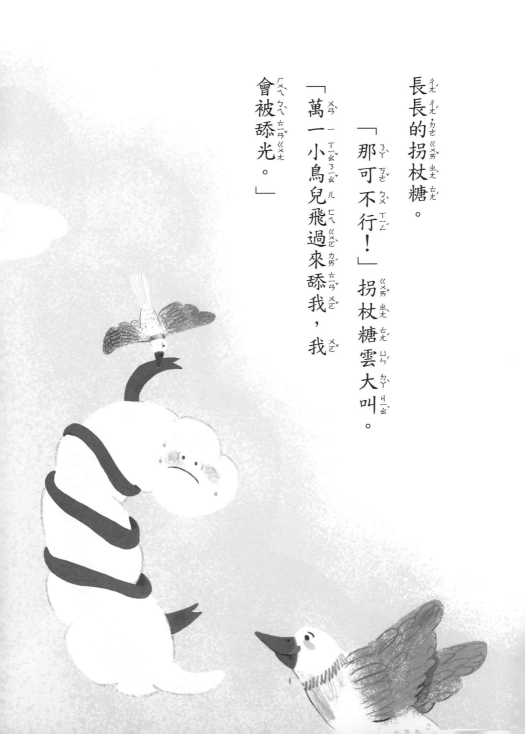

於是，他努力的扭一扭身體，讓自己變成薄薄的一片，像一張紙。

「是一張紙！」一隻鳥兒看見，呼喊著同伴。「我們可以把他撕碎，用來做鳥巢。」

一朵雲連忙再扭一扭身體，把自己變成一座山，一座軟綿綿、輕飄飄的雲山。小鳥們飛過來，哈哈大笑：「假的！假的！山上沒有大樹，沒有樹上的果子。假的！假的！」於是，小鳥們全飛走了。

一朵雲變來變去，覺得有點累，他把自己變成一張床，平躺下來。過了一會兒，他又把自己變成一個枕頭，蓬蓬鬆鬆的，讓人看了想打呵欠。

再過一會兒，他把自己變成一張小床、一個小枕頭，與一朵小小的雲。

雲床上的枕頭雲，躺著小小雲。小小雲閉上眼睛，作了一個雲的夢；雲的夢也是輕輕的呢！

童話想想

你看過奇妙形狀的雲嗎？讓你想到什麼？

6 可是有人

一朵花，有五片花瓣，花的中心伸展著細長的花蕊。白色花瓣、黃色花蕊、綠色葉子在陽光下、微風裡睡午覺，好舒服，好想作個彩色的夢啊！

可是有蜜蜂。

蜜蜂繞著花朵飛了兩圈，眼睛好忙。等一下要先停白色的花，還是粉紅色？今天運氣真好，可以痛快吃個飽。蜜蜂用力吸花蜜，開心極了，他想著今天的收穫真

不錯，回家後可以好好休息，作個肚子鼓鼓的夢。

可是有鳥。

小鳥兒從樹梢飛下來，越過小河、飛過草地，來到有許多蜜蜂正在吃吃喝喝的花園。小鳥兒快速的在空中滑翔，飛向一朵花，飛向蜜蜂。動作十分迅速，也十分優美。小鳥兒知道媽媽正在大樹上，看自己精采的飛行表演。今天晚上，媽媽會說：

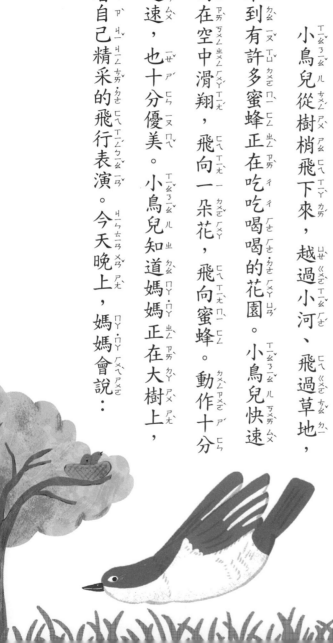

「我給你一百分。」然後，小鳥兒和媽媽會抱抱，說晚安。

可是有貓。

小貓伸伸懶腰，打個呵欠，看著草地上的花、花上的蜜蜂、蜜蜂旁的小鳥。小貓走路真輕巧，小貓爪子真靈活。他咻的一聲，奔向小鳥。

可是有狗。

小狗在草地打了個滾，伸出舌頭哈著氣。陽光很好，花朵很香，蜜蜂很吵；鳥兒像風，小貓像……小貓像是等著小狗跑過去玩摔跤。

可是有人。

一個人走進花園，摘下白色的花，聞了聞。「這朵花讓我想起昨天夜裡作的夢，夢見從天空落下一片片有味道的雪花。」雪花有糖果的味道。

他將小貓抱在懷裡，帶著小狗走進屋內。

窗外的小鳥兒吱吱喳喳的，正跟蜜蜂吵架。他們吵著誰做錯，誰才對；誰不該吃掉誰，誰應該被誰追。

可是有故事。

故事裡的蜜蜂不必吸花蜜，故事裡的小貓和鳥兒一起織著冬天的毛衣。故事裡的人冬天覺得熱，夏天下著糖果味道的雪。

可是，誰能搬到故事裡去？

童話想想

故事與真實的世界不一樣，怎麼辦？哪個比較好，還是不必比較？

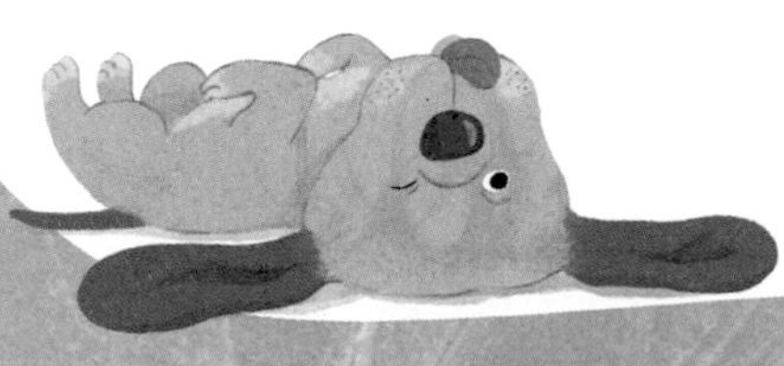

7 搖搖木馬

搖搖木馬可神氣了，豔紅色的身體，黑白分明的大眼睛，四隻腳站得直挺挺，踩在兩片弧形的彎彎木板上；搖啊搖，搖啊搖。

「你神氣什麼？」一隻小老鼠從他身邊跑過，嘲笑木馬。「你知不知道有個地方叫做老鼠洞，是我家。我家又遠又大！你根本沒去過。」

小老鼠將手往後一指，把自己家說得像是遠方國度的巨大城堡。

搖搖木馬沒理小老鼠，繼續神氣的搖啊搖，搖啊搖。

「你神氣什麼？」一隻小白狗舔舔木馬的尾巴，說

起自己的旅遊故事。「有一次，我跑到一個遠得要命的地方。有多遠？就是讓我跑得不斷喘氣那麼遠！」

小白狗說那個很遠的地方，叫做大門口。從木馬所

在的房間，跑到大門口必須花很多力氣，會很喘。

搖搖木馬沒理小白狗，微笑著搖啊搖，搖啊搖。

「你神氣什麼？」一首歌從收音機裡飄過來，對木馬不斷搖頭，搖得旋律都快走音了。「我啊，比你有資格神氣。我去過的地方太多太多了，

數都數不清。」

但是這首歌還是硬要開始數：他去過清晨的廣播節目、中午的民歌西餐廳、夜晚的電視節目；連美國都去過，還搭過飛機。

「美國很遠嗎？有大門口那麼遠嗎？」小白狗不服氣，問這首歌。

其實，這首歌也搞不清楚美國有沒有比大門口遠？

他只是住在手機裡，跟著手機一起去。

搖搖木馬說：「確實，我哪裡都沒去過。自從我張開眼睛，便一直站在房間裡。」

這是小女孩可可的房間。小可可喜歡坐在木馬上，搖啊搖。

搖搖木馬告訴小老鼠：「小可可有一次騎著我，我們騎到貓咪國。」小老鼠做個鬼臉，吐吐舌頭：「哼，

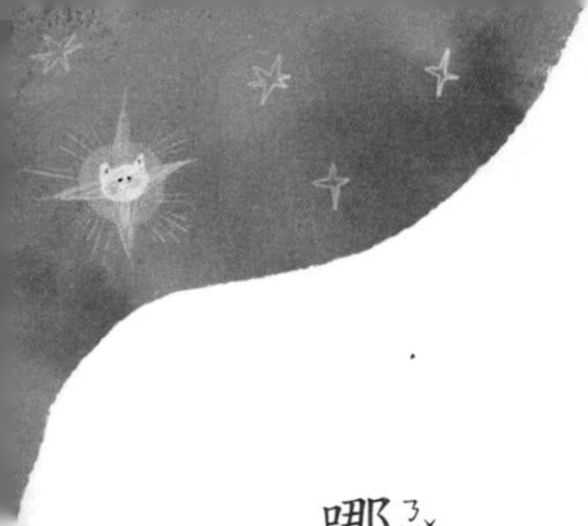

愛現！」就溜走了。

搖搖木馬又對小白狗說：「有一次，我和小可可飛上天，飛到比遠得要命還要遠的神仙島去。而且小可可跟我都沒喘。」

小白狗哼了兩聲：「神氣什麼！」就喘著跑開。

搖搖木馬很神氣，他哪裡都不能去，卻也哪裡都去過了。

童話想想

你比較想當小老鼠、小白狗、一首歌，還是搖搖木馬？

8 不舒服裁縫店

真真從小便夢想當裁縫師。只可惜，她縫衣服的技術不太好；做好的裙子，裙擺一邊高一邊低。口袋又總是縫成上下顛倒，無法裝任何東西。真真自己看得都笑了：「沒關係，誰說口袋一定要裝東西。」她在彎彎的小路旁，開了一家裁縫店。

真真花許多時間，縫好一件衣服，掛在店門外。可惜，這件衣服看起來有點奇怪，袖子是歪的，扣子也是歪的；更怪的是，一掛上去，袖子更歪，扣子也東倒西歪。這是一件不整齊的衣服。

許多人站在裁縫店門口，問：「這件奇怪的衣服，能穿嗎？」

「可以穿，沒問題。」真真說完，

取下衣服，在自己身上比了比。有位長髮女士問：「這件衣服能給誰穿？」

真真回答：「誰都可以穿。」

長髮女士搖搖頭：「至少我不想穿，穿起來一定不舒服。」

真真想了想，老實說：「沒錯，我只會做不舒服的衣服。」

長頭髮女士不客氣的說：「誰要穿不舒服的衣服啊？」便轉身離開。其他人也一個個皺著眉頭走了。

不過，有一位小女孩留下來。她走進裁縫店，小聲的對真真說：「我下星期要參加表演，還沒有找到適合的表演服裝。」

是什麼表演呢？真真打起精神，拿起布尺與筆，準備幫小女孩設計。

小女孩說：「是魔術表演。」但是，小女孩很擔心，害怕當天表演時，手忙腳亂的，魔術表演失敗，最後變成舞臺上的笑話。

「請放心，穿上我設計的表演服裝，一定會成功。」真真請小女孩三天後來拿衣服。

魔術表演那一天，小女孩穿上真真縫的衣服，深呼吸一口氣，走上舞臺。一出場，臺下的觀眾便哈哈大笑。

「這是什麼衣服啊？口袋是歪的，肩膀一邊高一邊低。」

小女孩拉拉歪歪的帽子，歪歪的衣服，拿出道具，開始表演。但是，觀眾的眼光，還瞪著衣服看，一面說：「褲子一腳長一腳短，腰帶怎麼綁在大腿上？咦，這件衣服上的扣子竟然對著我笑！」

表演結束了，觀眾還一直批評小女孩的服裝。

下臺後，小女孩拍拍胸，吐了一口氣，笑了。她想：「不舒服的衣服，很適合我。有時候，不舒服才讓我舒服。」

幾天後，又有一位小男孩走進裁縫店，對真真說：「請問，可以幫我做一件衣服嗎？我下個月要參加演講比賽。」

童話想想

小女孩的魔術表演，算不算成功呢？

9 一張很遠的車票

今天我打開媽媽梳妝檯的抽屜時，發現一張奇怪的車票。我拿著車票去問媽媽：「車票上寫的地點是：很遠的地方。是指哪裡呢？」

正在煮菜的媽媽，關掉火，接過車票，看了看，問我：「這是哪裡來的？」

是在媽媽的抽屜發現的。

媽媽對著車票看了又看，滿臉苦惱的樣子。「我的

抽屜怎麼會有如此奇怪的東西？」她又問我：「你覺得很遠的地方是哪裡？」

我猜是義大利，因為去年全家到義大利旅行時，搭了好久好久的飛機。

只是，這張車票並沒有寫明地點。可能是義大利，也可能是北極，都是離我家很遠的國度。

有了車票，就能上車，到達車票上寫的目的地。所以，媽媽決定和我一起，使用這張很遠的車票，來一場探險小旅行。

我們出門，沿著長滿芒草的小路，走到立著站牌的

候車亭。媽媽說：「我們看到喜歡的車子來，才上車。」

今天運氣真好，五分鐘後，一部小小的、車身畫滿貓咪圖案的藍色車子開過來了。在站牌前停好後，車門打開，竟然是一位貓咪司機。他大喊著：

「是到很遠的地方嗎？」

媽媽拉著我，迅速上車，並把車票交給司機。

貓咪司機接過車票，卻站起來，往車子後方走。一邊說：「你的車票必須由你自己來開，因為只有你知道方向。」

媽媽想了想，就坐到司機座，拉開煞車把手，「噗噗噗」的踩著油門，往前開了。我坐在貓咪司機身邊的座椅，猜想著媽媽會帶我和貓咪到哪裡去？

車子經過小學門口，經過菜市場，經過爸爸上班的公司。車子很開心的樣子，發出像唱歌般的好聽聲音。

貓咪司機說：「這部車子今天心情很好。」

媽媽的長頭髮飄啊飄，媽媽也唱起歌來。她還說：「快到了，快到了！兩位乘客要繫好安全帶。」

我們會到哪裡呢？

變成司機的媽媽，大喊著：「不一定要到哪裡喔！沒有目的地的往前開，就不必擔心要在哪裡停下來。」

車子搖搖晃晃，我便睡著了。

醒來時，媽媽喊著：「來吃晚餐。」

我跳下沙發，問媽媽：「我們剛才去了哪裡？」媽媽夾了一塊魚給我，沒有回答。

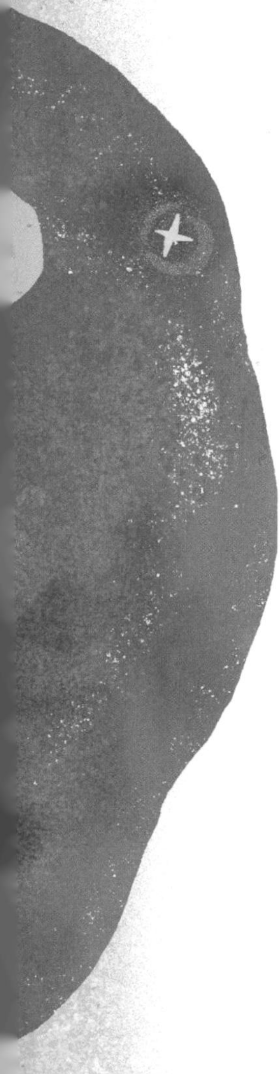

水果甜
SCHOOL

童話想想

對你來說，很遠的地方是哪裡？

10 夢裡有一個夢

很晚了，小可可的爸爸說：「該上床睡了，祝你有一個甜甜的好夢。」

於是，小可可作夢了；夢裡，她上床睡覺，睡著睡著，作了一個夢。在夢裡的那個夢裡，小可可夢見自己上床睡覺，作了一個夢。

夢裡的夢，夢裡的夢裡的夢……

被最開始的夢一個又一個包圍住的是小小夢，小小

夢裡也有個小小可可。小小可可沒有上床，反而問自己：「你認為當負責作夢的人比較好？還是當被夢見的人比較好？」

小小可可自己問，自己想，很頭痛，於是對自己說：「好不容易想作個正在睡覺的好夢，何必要我傷腦筋想答案。真煩！」

很煩的小小可可便醒了，所有作的夢也一個又一個醒了。

作這個夢的小可可，醒來時忘記所有的夢，心情不太好，有點想哭。於是，她決定再作一個夢，在夢裡問清楚自己為什麼想哭？

小可可作夢了。夢裡，她上床睡覺，睡著睡著，作了一個夢。在夢裡的那個夢裡，小可可夢見自己上床睡覺，作了一個夢。被最開始的夢一個又一個包圍住的是小小夢，小小夢裡也有個小小可可。小小可可沒有上床，

反而說：「所有的夢到此為止，別再作夢了！」小小可可不作夢，決定飛來飛去。一下子從榕樹上往椰子樹飛，一下子從屋頂往海邊飛。飛著飛著，便醒了。

夢裡的飛翔，小可可醒來時全記得，所以心情不太好，有點想哭。

這兩個夢，一個完全不記得，一個全記得。小可可想起來不管記不記得，都只是夢。所以，小可可笑了。

童話想想

你認為小可可記得夢裡的飛翔，為什麼會有點想哭？

作者後記

讓筆乘著無邊想像奔飛

本書作者
王淑芬

我一直覺得寫童話的人必須膽子很大，敢於超展開的想像，勇於腦洞大開的讓筆放手恣意奔飛。我自己的膽子夠不夠大？這件事沒有精準的儀器可測量，所以，只能藉著動手寫童話來印證。

寫童話的我，平時當然也喜愛閱讀童話。而我最喜愛的，就是短小卻能激發無邊迴響的故事，讀完後一切才要開始。作家提供一則有趣短篇，讀者讀到最後一個字，會「啊——」（怎麼會這樣！）或是「喔——」（原來是這樣），有各種「故事以外」的多重反應。

「王淑芬兒童哲思小童話」就是希望在一篇篇小到只有數百字的情節中，帶領大小讀者掉進兔子洞、或噴射到外太空。讀故事、想一想，想到什麼都可貴。若暫時什麼都沒想到，也沒關係，一篇童話帶來十分鐘的樂趣也值得珍惜。

為孩子寫書，我很注重「孩子自己可以讀」，以及「大人可以照著書讀」的朗讀效果。個別文字如何精煉編織，成就為具有美學與文學的光點，也是我十分重視的。我期待讀者們讀著讀著，無形中也練就「寫」的層次進步。

童話是用來讀出藝術的素養，與激發出哲學智慧的。

國家圖書館出版品預行編目(CIP)資料

王淑芬兒童哲思小童話.2, 雲朵不是麵包 / 王淑芬文 ; 奧黛莉圓圖. -- 初版. -- 新北市 : 步步出版 : 遠足文化事業股份有限公司發行, 2023.10

面 ; 公分

國語注音

ISBN 978-626-7174-56-2(平裝)

863.596　　112013107

王淑芬兒童哲思小童話 2：雲朵不是麵包

作者｜王淑芬

繪者｜奧黛莉圓

步步出版

社長兼總編輯｜馮季眉

責任編輯｜李培如

主　　編｜許雅筑、鄭倖伃

編　　輯｜戴鈺娟、陳心方

美術設計｜蔚藍鯨

出版｜步步出版／字畝文化創意有限公司

發行｜遠足文化事業股份有限公司（讀書共和國出版集團）

地址｜ 231 新北市新店區民權路 108-2 號 9 樓

電話｜ (02)2218-1417　傳真｜ (02)8667-1065

客服信箱｜ service@bookrep.com.tw

網路書店｜ www.bookrep.com.tw

團體訂購請洽業務部｜ (02) 2218-1417 分機 1124

法律顧問｜華洋法律事務所・蘇文生律師

印製｜中原造像股份有限公司

初版｜ 2023 年 10 月

定價｜ 320 元

書號｜ 1BCI0035　ISBN | 978-626-7174-56-2